白い血

white blood

るみこ

文芸社

白い血

題字　著者

平成八年七月三日は、朝から青空の広がる暑い日だった。

私の次男・哲朗が「急性骨髄性白血病」と診断されたのは、平成五年九月十六日であった。

平成八年二月二十九日に哲朗が骨髄移植を行なってから、三か月半ほど経った六月十七日に、私は主治医から移植の失敗を裏づける遺伝子レベルの検査結果を知らされた。

私が、五月の末から漠然と感じていた不安が現実のものとなった。

回復への希望が持てたのは、移植後の一か月くらいだったろうか。

移植の前処置として行なった放射線全身照射の後遺症と思われる酷《ひど》い口内炎を皮切りに、腹痛、発熱、尿閉、出血性膀胱炎などが次々出現した。

予想をはるかに超える痛みに苦しみ、食事もとれず、哲朗は痩《や》せていくばかりであった。

四月二十九日に初めて二時間の外出許可が出たが、哲朗の顔に喜びの色は見えなかった。

五月四日、再び外出許可が出て三か月ぶりに帰宅した。我が家に戻って、大好きなお風呂に入った時は笑顔を取り戻したが、体力がないのは明らかであった。

主治医は私を別室に入れ、今後の治療方針を説明した。ドナーからもらった骨髄は生着しておらず、腎機能が悪化しているので、当面人工透析で切り抜けなければならないと言った。そして、透析をしなければ、

「あと一週間持つかどうか……」

と言ったのだった。

私は、もうこれ以上彼を苦しめる処置はしたくないと思った。しかし彼の命の灯を、私の一存で消すことはできない……。

主治医は、移植の失敗を伏せたまま哲朗に人工透析の必要性を説いた。哲朗は泣きながら絞り出すような声で、

「がんばります」

と言った。私は彼にかける言葉が見つからなかった。

局所麻酔で三十分ほどで終わると聞いていた透析管の植え込み手術が、四時間経っても終わらなかった。

九時過ぎに、やっと戻ってきた哲朗の痛々しい姿を一目見て、私は深い後悔の念に囚われた。ルートが確保できず、三か所も切開したという。哲朗の右頸部から太い二本の管が突き出ている様は、無気味で悲しかった。

その夜から私は病室に泊まり込んだ。

三年前の十一月に敗血症を起こした時、私は約一か月泊まり込み、容態が落ち着くと病室から出勤するという経験をしていた。

二月二十九日に行なった骨髄移植の際は、新しくできた介護休暇の制度を利用し、早朝に家を出て病室で一日の大半を過ごし、夜だけ家に戻るという生活を続けた。

そして四月からは通常の勤務に復帰し、毎日仕事帰りに病室へ寄るという生活になっていた。

しかし五月二十六日、自宅で眠っていた私は早朝に、

「お母さん！」

と呼ぶ哲朗の声を聞いた。「はい」と応えた自分の声で夢から醒めた。胸騒ぎを覚えて予定より早く病室へ行き、夢の話をした。

「僕、お母さんを呼んだ」

と言った。彼は夜中に失禁したのだった。

いよいよ覚悟を決めねばならない時がきたと感じ、再び介護休暇の届を出し、看病に専念した。結果的には、あと一週間と言われた命が、人工透析により、

さらに一週間延びたに過ぎなかった。

七月一日の夜、主治医が最後の望みをかけてバックアップのために保存していた哲朗の骨髄を自家移植したが、その成果を見るまでもなく三日の夕方、彼は旅立ってしまった。


一日は人工透析中に異常な血圧低下があったため、私は近しい者に連絡を入れた。

夕方、病室に集まった面会者の一人一人に、哲朗は震える指先で私が支えた文字版をなぞりながら遺言を残した。

長男には、

「おにいちゃん、ありがとう」

父親には、

「くすりを、がんばって、おさけや、たばこは、やめてください」

哲朗の骨髄移植の半月ほど前、彼の父親は夜中に心筋梗塞を起こし、すでに離婚が成立していた私に助けを求めたのであった。

哲朗の遺言を涙ながらに聞いた父親の「禁酒、禁煙」は、しかしその後三日坊主に終わっている。

はるばる高野山から来てくれた桐村さんに、哲朗は本当に嬉しそうな「最後の笑顔」を見せた。

次の日は容態が落ち着いていた。小学校に入学以来、哲朗を可愛がってくれた保健のF先生が来てくれた時は、甘えるような素振りを見せた。そしてK部長回診時には、

「ありがとうございました」

と、はっきり言ったので、主治医と私は驚いて思わず顔を見合わせた。

その日、いつものように私は早朝から哲朗の全身を丁寧に拭いた。移植の後遺症で皮膚がボロボロ剝けるので、清拭のあとベッド周りをきれいにするのが、朝一番の私の仕事であった。

九時頃だったろうか、モルヒネで眠っていると思われた哲朗が突然、目を閉じたまま、

「きょう、やすみ？」

と聞いてきた。私は内心（なんのことだろう）と思ったが、

「うん、休みよ」

と、応えた。それを聞いて彼は「ふうん」と言い、安心したような表情を見せた。

十時頃から透析が始まり、その間は主治医や技師がつきっきりになるので、私は車で走ると三十分ほどの自宅に帰った。

再び病室に戻った時も、透析が終わったあとも、一見いつもと変わりはないように思えた。岡山から私の母が来ていたので、私はすぐ近くのスーパーへ買い物に出た。

いつもなら、さっと用事をすませて病室に戻るのに、なぜかその時は途中の歩道橋で足を止め、空を見あげたのだった。

夕方にもかかわらずまるで梅雨が明けたかのような、晴れた青空であった。

私が病室の手前まで戻った時、中から母が顔色を変えて、

「哲ちゃんの様子が、おかしい！」

と、叫びながら飛び出して来た。入れ替わりに中へ入って哲朗の顔を見ると、すでに瞳孔は開いていた。

（ああ、取り返しのつかないことを、してしまった）

という思いが、私の脳裏をよぎった。こんな時に、なぜ病室を離れてしまったんだろう、傍にいてやればよかった、傍に……。

主治医も異変が起きるとは予想していなかったようで、駆けつけて来た時、驚きの表情を隠さなかった。

彼が哲朗の死亡を確認し臨終を告げた途端、父親が泣き声をあげた。

哲朗の死に顔を呆然と見つめていた私は、しかし、まだ親の役目は終わっていない、という意識が働き、涙は出なかった。

ただ、その時、傍にいて、抱きしめてやればよかった、という後悔が胸の中で渦巻いていた。

平成三年の六月初旬、私は久しぶりにダンス教室を覗いた。

その年の四月に、ようやく念願叶って、十四年間在任していた保育部から転勤することができたものの、遅々として進まぬ離婚訴訟には精神的に疲れていた。

二か月稽古を休んでいたが、その日は気晴らしのつもりで教室へ向かった。

私がソーシャルダンスに初めて出合ったのは、東京の看護学校で学んでいた二十歳の頃であった。知人が連れて行ってくれた某大学のダンスパーティーで、ステップ一つ知らない私は軽やかに踊る人達を見つめるばかりであった。

その時に芽生えたダンスへの憧れが、以後二十年間私の胸の奥で静かに燃え続けていた。

長男が中学二年、次男が小学四年になった時、今がチャンスと思い、家族には内緒で仕事帰りに月四回稽古に通い始めた。

それまで仕事と育児と家事を、さながら母子家庭のように私一人が背負ってきたので、いつも時間に追われストレスをため込んでいた。

ところが教室に通い始めて半年ほど経った頃から、世の中が少し違って見えるようになった。また、肩まで伸ばした髪やダンス用に買った花柄のフレアスカートが、自分に似合うと思えるようになっていた。

今までダンスどころか、仕事帰りにコーヒー一杯飲む余裕すらなかった私が、ときどき友人と食事をしたり一泊旅行に出かけられるようにもなっていった。

自分の結婚が失敗だったのではないかと思い始めたのは、次男を出産して一年ほど経った頃だった。

共働きであろうと、家事や育児は女の役目と信じて疑わなかった夫は、私の不平・不満・怒りを正面《まとも》に受け止めようとしなかった。

二人の気持ちのずれが次第に大きくなって、私の心の中では離婚が決定的なものとなっていった。

しかし夫は、いつの間にか身ぎれいになった私に対し、浮気の疑念を抱くようになった。

夫が私のバッグを探り、洋服ダンスをかき回し、尾行し、果てはダンスパーティーの会場の外で待ち伏せまでするようになったため、ついに私は訴訟に踏み切ったのであった。

平成二年の一月に初めてM法律事務所を訪ねてから一審判決が出るまで、三年五か月の歳月が流れた。

離婚の大半は協議により成立している。言い換えれば難しいケースだから訴訟をせざるを得ないわけで、夫の場合、半年近い調停の末、一旦離婚に合意したにもかかわらず異常な執着を示したためであった。

M弁護士と二人三脚で争った裁判で感じたのは、法律は女に冷たい、ということだった。一人目の判事は私やM弁護士のような働く女性に対し、何の根拠もなく「家事・育児を疎かにしている」と決めつけた。法律の世界は男社会で、まだまだ旧態依然としていると実感した。


ダンス教室に行ってみると、私が休んでいた間に入会したらしい見知らぬ中年男性が、身軽に踊っていた。

当時、私にはパートナーがいたので、その新入り男性と組んで踊ることもないまま数か月が過ぎた。

ある日、稽古のあと、いつものようにS駅のホームで電車を待っていた。人の気配を感じてふと横を見ると、例の男性が立っており私と同じ車両に乗り込んだのだった。二言三言言葉を交わし、彼の方が先に下車して行った。

その後、彼は稽古のあとで私をお茶に誘い、そしてダンスで会うたびに食事に誘うようになった。

そして出会いから一年経った頃、二人は恋に墜《お》ちた。

さらに一年経った平成五年の六月初旬、なんとM弁護士が胃癌のために亡くなってしまった。彼女は私より二歳年下だった。

その月の末に一審判決が出て離婚が認められたが、間もなく夫が控訴する意向を示したため、私もやむを得ず控訴の手続きを取った。

しかし、その二か月後に次男の哲朗が白血病で緊急入院したため裁判どころではなくなり、控訴を取り下げたので離婚は成立した。調停、裁判、次男の看病と続き、実際に私が真の自由を手にするまでには、八年以上の歳月を要した。

Sさん（かつての上司）へ

雨傘の手放せない夏が間もなく終わろうとしていますが、いかがお過ごしでしょうか。

私の方は例の裁判の一審判決が六月末に出ましたが、直前にM弁護士が亡くなり、ショックでした。彼女とは弁護士と依頼人という関係以上に親しい間柄となっていましたので訃報に接して茫然自失し、また人の命のはかなさを思い知らされました。

そもそも夫婦が離婚に至る過程には双方に問題があったはずで、離婚訴訟には勝敗などないと私は考えています。

しかし夫は、離婚を認めるという判決を敗訴と受け取り控訴するつもりのようです。夫は家・土地・子供など、すべては自分のもの、さらに夫側には離婚の原因がないから私に対して慰謝料を請求するという、あまりにも身勝手な要求を出し、それが半分しか認められないと言って控訴するのです。

予想以上の執拗さには心底愛想が尽きます。離婚を選択した自分の判断は、やはり間違っていなかったと思います。

私としては財産の半分と次男の親権が認められたので、これで裁判が終わるのであれば慰謝料を払っても良いと考えたのですが、残念です。

長期におよぶ家庭内離婚状態にあって、息子達は比較的冷静に両親の不和を見つめています。性格はまるで違うのですが、兄弟の仲は良く、来春次男が高校に入学できれば私の親としての責任が一段落します。

若気の至りと言うのでしょうか、夫と見合いをした頃、私は二十三歳で人並みに〝結婚〟に憧れていたのです。

見合いの直後、「何か違う」と直感し母に伝えたのですが、母は彼が四人兄弟の三男であることが気に入り、また自力で大学を卒業していることも評価して、私を説得したのです。

息子達が年頃になったら伝えたいと思います。

「結婚は心底惚れた相手とするものよ」と。

結婚と同時に大阪へ移り住み、専業主婦として年中無休の家事・育児労働を経験しました。その日々の生活を通して、改めて「仕事がしたい」と思うようになったのです。

昭和五十二年S市に再就職し、何もわからないまま巨大な保母集団の中で、たった一人の保健婦として働き始めました。

十年ほど経過した時、「S市の保育所における乳幼児の健康管理」はほぼ確立できて、保育の場で保健婦として自分にできることは、やり尽くしたと思いました。このまま保母の脇役では終わりたくないと考え転勤を希望したのです。

平成三年にやっと転勤できて、さらに翌年は新設のN保健所に配属されました。

全職員が一丸となり、すべての事業を一から起こしていくという新鮮な喜びを味わうことができました。

また保健所では、保健婦の研修体制が非常に充実していることも知り驚かされました。

一方、私が受け持っている地区には高齢者や障害者、生活保護受給者など社会的に弱い立場の人が多く住んでいるため、その人達が日常的に受けているさまざまな困難や差別の問題に遭遇します。

そして自分の結婚生活を通して女性差別を体験し、家事・育児労働に対する社会的評価の低さには苛立《いらだ》ちも覚えました。

また、昨今は看護に焦点が当てられるようになってきましたが、私は独身時代に大学病院の小児科病棟で三交替勤務をしたことがあるため、日本社会における看護の問題点や今後の動向にも関心があります。

これからも、このような私の経験を最大限に生かせる職場で仕事がしたいと願っています。

平成五年八月二十二日

両親へ

今日から九月、電車が込み合うようになりました。

子供達が小さい頃は、夏休みに宿題や昼間の生活の心配もしなければならず、暑さに弱い私は九月の声を聞くと、ほっとしたものです。

晩生《おくて》の哲朗も最近は受験生としての自覚ができたようで、八月には塾の合宿に自分から進んで参加してきました。

S夫は四、五月頃まで月に一、二度、一人で大声でわめいたり怒鳴ったり、酒に酔ってわけのわからぬことを言い募ったりしていましたが、最近は静かです。しかし控訴するという執念深さ、意固地さには呆れるばかりです。

哲朗の高校入学が決まったら、出て行くための家を探すつもりです。子供には子供の人生があるし、私にもこれからの人生があります。結婚は判断ミスでしたが、自由になる日を楽しみに、もうしばらく子供達のためにがんばります。

息子達はしっかりと育てたつもりですから、少々の逆境には負けない強さを身につけているはずです。

私は女に生まれ、結婚し、子供を産んだことで、男に比べて随分制約の多い生活を余儀なくされてきましたが、これからは自由を手に入れ、生まれてきて良かったと思える人生にしたいと考えています。では、また。

九月一日

良平さんへ

台風が去ったあとの青空は眩しくて、布団を干すのにも帽子が必要です。あなたはいつも、会うと「疲れた、体の調子が悪い」と言って私を心配させる悪い人ですが、昨日は腰痛でしたね。その後いかが?

十五日の祭日は、私、医療相談会で昼過ぎまで仕事です。あなたも会社に出るのなら夕方どこかで待ち合わせしましょう。

今日、買い物に出た時、あなたの雨傘とシャツを買いました。先日、長谷寺へ行った時、雨で私が滑らないようにと庇ってくれたあなたの方が滑って、傘が壊れてしまったでしょ。それから夏物の衣類の値段が下がっていたので、あなたに似合いそうなのを一枚買いました。

良平さんは、今まで人一倍努力して仕事をがんばってこられたと思うし、それが評価されて今のポストにあると思います。

それに比べ私は今日まで仕事も家事も育児も精一杯がんばってきたつもりだけれど、何一つ成果として表われていないということが空しいのです。

四十年以上生きてきて、世の中は不公平、不平等だということは身に沁みてわかっているけれど、女に生まれて損をしたと思い続けたくはないのです。

これから先は、自分の力で納得のいく人生にしたいと考えています。

まだ裁判は終わりませんが、真の自由を手に入れるために、二審に向けて準備を始めます。では、また。

九月五日

Ｉさん（姉のような友人）へ

めっきりと秋らしくなりましたが、いかがお過ごしですか。

私は、どうも平穏な日々には恵まれない運命にあるようで、もう諦めの境地です。

九月に入ってから次男の体調がすぐれず、一度受診させようと思っていた矢先に、中学の先生からも「様子がおかしい」と電話をもらいました。

十六日の夕方、かかりつけの医院へ連れて行くつもりで帰宅すると、次男はすでに自転車でＡ病院へ行ったあとでした。私もＡ病院に行ったのですが、検査結果待ちということで随分長く待たされました。

やっと名前を呼ばれた時、

「お母さんだけ入ってください」

と言われたので、悪い予感がしました。

担当医はＫ大学の付属病院から派遣されている若い小児科医でしたが、はっきりとした口調で、

「白血病だと思います。血小板が一万（標準値十四〜三十八万）しかないので脳内出血などを起こすと危険です。今すぐＫ大の小児科に入院してください。もう病院へは連絡を取りました」

と言ったのです。

まさに私の頭の中は真っ白となりましたが、ようやく、

「今晩は家に帰って、入院するのは明日にしたい」

と言ったところ、医師に厳しい顔で拒否されてしまいました。

呆気にとられている次男につき添い、救急車でＫ大付属病院へ行きました。

夜間救急用出入口に到着すると、次男は車椅子に乗せられました。

小児科病棟では三歳以上はつき添いなし、面会は午後三時から、という規則

ですが、夜間の緊急入院なので当直医が配慮してくださり、一晩つき添いました。

十七日は朝から血液検査、骨髄穿刺、エコー、X線検査などをして、夕方には教授回診がありました。そして、七時過ぎに主治医から正式に診断名を告げられました。

「急性骨髄性白血病」です。

リンパ性より、かなり難しく貧血が酷い、増殖した白血球の七割が、癌細胞と考えられる、放置すれば命は助からないので、すぐに抗癌剤の治療を始めなければならない、約一か月で治療効果はわかるが副作用に耐えられるかどうかが一番の鍵で、十四歳という難しい年齢なので病名を悟られないように十分注意する必要がある、治療は医師に任せて親は精神的な支えを、しっかりするように、と言われました。

また、骨髄移植の対象となるのは、抗癌剤を次々と使って癌細胞をほとんどやっつけたあと、わずかに残る癌細胞を完全に消す時で、そこまで行きつくためには一年ほどかかるそうです。

次男に受験生としての自覚ができてきたと喜んでいた矢先の出来事で、ガーンと頭を殴られたような心境です。

小児科の方針により、本人には告知せず「重症の貧血」という病名で口裏を合わせることになりました。

同じ病室には手術と抗癌剤の治療で脱毛した子供がおり、次男も入院以来、検査、輸血、抗癌剤の点滴などをしているので、そのうち何か感づくかもしれません。

そして血小板が非常に少なくて出血の危険があるため、歯みがき禁止、排泄はベッド上、という指示が出て本人は面食らっています。

主治医から「お父さんにも病気の説明をします」と言われ、十八日にはやむなく先生の手前だけ夫婦を演じました。

もう裁判どころではなくなりました。次男が生きていてこそ意味がある〝親権〟なのですから。

これからは看病を最優先します。どうして運命の女神は、私にばかり過酷な試練を課すのでしょうか。なぜ私は保健婦でありながら、次男の大病の兆候にもっと早く気づかなかったのかと情けなく、主治医に尋ねました。

「もっと早く発見していたら、どうだったのでしょうか」

主治医は「交通事故のようなものです」と言ったので、私の気持ちが少し救われました。

次男は、幼い時からじっとしていない子供で、けがの心配は絶えませんでしたが、まさかこんな大病になるとは……。

もう高校受験どころではないのに、昨日面会に行くと、

「教科書を持って来て。辞書と単語帳も」

と言うのです。私は涙を見られないように、何度も洗面所へ行かなければなりませんでした。

ベッドの上では排便できず、また用事を頼むために、いちいちナースコールを押すのが心苦しくて我慢をしている次男が可哀相です。

家族の中で一番よく手伝いをしてくれる子なのに、終日ベッド上で安静にしていなければならないとは……。

生きて欲しいです。でも、入院生活が長引けば高校へ行けないことがわかってしまうでしょう。これからの毎日を想像すると、暗澹たる気持ちになります。

何事も、あなたには知って欲しくてペンを執りましたが、いつも良い知らせでなくて申し訳ないと思っています。

まだ私自身が次男の病気を受け入れられず乱筆ですが、お許しください。

九月十九日

良平さんへ

前略、先日はいろいろとありがとうございました。励ましていただいて、あなたの優しさが身に沁みました。

私の一番可愛い息子が大変な病気になってしまい、気が変になりそうな今、あなたの存在は私にとって大きな強い支えになります。

病院でも職場でも気を張っている私には、あなたと過ごす時間だけが心の休まるひとときなのです。思いきり泣かせてもらえる胸があることに、とても感謝しています。

あなたが、

「自分が生きている限り、ずっと励ましてあげるよ」

と言ってくださったことは、とても嬉しい。でも息子の病気が長引けば、私達二人の関係も変わっていくかもしれない、と思ったりします。

取りあえず今は、私に与えられている最大の任務（息子に最良の看護をするという）を全力で果たすことにします。

ダンスは、もう続けられません。あなたはどうするのですか？　あなた一人で行って欲しくないというのが、私の本音です。

二十四日に夫側の弁護士から、控訴を取り下げたという書類が届きました。裁判を始める前から私の方には夫と口をきく必要性がまったくなかったのですが、息子が入院したためやむを得ず夫婦を演じなければならない場面があります。だからといって私には元の鞘におさまるつもりなど毛頭ないのですが、夫は私と口がきけるようになったことが嬉しいのか、息子が重病だというのに晩酌を再開しています。

勘違いされると困るので、和解ではないと念を押しました。

二十五日には中学の先生と友達が面会に来てくれたのですが、病室での面会は子供の場合、十五歳以上の兄弟のみという規則なので、友達と会えず可哀相でした。

突然の入院から十日経ち、ストレスのせいか首から肩が痛くて睡眠も浅く、眠れないまま布団の中でこの手紙を書いています。

いろいろなことがあっても、良平さんの笑顔を見ると心が安まるので、こんなデートを思いつきました。あなたの予定のない休日に朝からK駅で待ち合わせて、私が息子の面会（午後三時）に行くまでの時間を活用するのです。ちょっとしたドライブでもいいし、K大付属病院の周辺は緑が多く公園もあるので散歩でもいいです。

では、またお会いできる日まで。

九月二十六日

抗癌剤治療の一クールは無事終わったが、予想通り哲朗は頭髪の脱毛にショックを受けていた。

私のほうは、同室の男の子二人が相次いで亡くなったことに衝撃を受けた。一人は容態が悪そうであったが、もう一人は前日まで元気そうな姿を見せていただけに、この種の病気の怖さを思い知らされた。

病棟のスタッフは哲朗に対して、その子達は観察室に移ったと説明したらしいが、私には哲朗の前で、その二人の子のことを話題にする勇気がなかった。

主治医から面会室での面会許可が出たので中学校に連絡すると、さっそく保健のF先生が哲朗の親友二人を連れて来てくれた。

久々に友達と会えた喜びを哲朗は、

「涙が出そうやった」

と私に漏らした。

二クールが終了し寛解（症状が軽減し病状が落ち着くこと。治癒ではない）に入ったと喜んだのも束の間、十一月三日、哲朗は突然高熱に襲われた。

発熱はその日の朝から始まり、午後には四十一度まで上昇した。私が午後三時に病室に着いた時、哲朗の意識は朦朧としていた。

X線撮影の結果、発熱の原因は肺炎だとわかった。抗癌剤治療により白血球が二百（標準値三千五百〜一万）しかないという状態だったため、敗血症を引き起こしたのであった。

その夜から私は病室に泊まり込んだが、予断を許さぬ哲朗の病状と、同室の幼児の夜尿や悪戯で、とても眠れる状態ではなかった。

八日の夕方、助教授のM先生（白血病の専門医）から病状説明があり、

「向こう三、四日が勝負です。心臓が持ちこたえられるかどうかが鍵、本人を励ますように」

と言われた。そして主治医からは個室へ移ることを勧められた。

知人のSさんや中学校の先生達が面会に来てくれたが、頭髪のほとんどが抜け落ち、酸素テントの中でぐったりと横たわる哲朗を見て、皆は一様に驚き、言葉を失っていた。

十日に個室へ移った。その部屋は小児科病棟のはずれにあって、静かで窓からは秋色に変化した公園や住宅街が一望できた。

その夜から私は眠れるようになって、精神的に落ち着き元気が出てきた。

発熱は相変わらず続き、日に何度も高熱の波が押し寄せて来たが、哲朗には少しずつ持ち直していく気配が感じられた。

十三日、なんとカップラーメンを食べたのである。

テレビのコマーシャルでラーメンが映ったのを見て、哲朗は突然、

「ラーメンが食べたい」

と言い出した。

食欲が出てきたのは回復の兆しだと直感し、すぐ主治医の許可を取ってもらった。

十日ぶりに哲朗はベッドに座って、婦長がお湯を入れてくれたカップラーメンを食べたのだった。

一命を取り留めた哲朗が口にした言葉は、

「僕は、こんなこと、しとられへん。勉強して高校に行くんや」

だった。

哲朗の強い希望を尊重して、高校受験を可能にする治療計画が立てられることになった。

そして年末には外泊できるまでに回復し、頭髪も生え揃った。

明けて平成六年は、新年早々から中学校の先生達が交替で勉強を教えに来てくれた。日額一万円の個室料は痛かったが、受験勉強のため個室に留まることにした。

私は正直言って、公立中学校の先生達が一生徒のために、これほど受験勉強の面倒をみてくれるとは思っていなかった。

二月の初旬、雪が積もった日にもN先生（女性）が来てくれた時は、哲朗ともども驚き、深く感謝した。

そして、何よりも私が驚いたのは、抗癌剤の点滴をしながら受験勉強を続けた哲朗の真摯な姿であった。

二月中旬、私立のS高校を受験したが、高校側は哲朗のために筆記試験も面接も保健室で実施してくれた。そして保健のO先生は二日間、哲朗を温かく見守ってくれたのだった。

さらに哲朗と私を感動させたのは、小児科病棟で行なわれた、たった一人の卒業式と看護婦さん達の心尽くしの祝賀会であった。

中学校で卒業式を終えたその出で立ちのまま、校長と担任のS先生が駆けつけてくれ、主治医や看護婦さん達が参加してくれた心温まる式であった。

すでに高校の合格通知を手にしていた哲朗の顔は、重病とは思えないほど晴れやかに誇らしく輝いて、私は胸が一杯であった。

卒業式のあと、何の予告もなくプレイルームで看護婦さん達が卒業と合格を祝ってくれたので、哲朗は満面に笑みをたたえながら大いに照れていた。


しかし骨髄移植が実現する日まで寛解を維持するためには、抗癌剤治療を中断することができず、高校への通学は諦めねばならなかった。

目的を失って次第にふさぎ込み、話もしなくなった哲朗を見ていると、私まで苦しくいたたまれない気持ちになっていった。

哲ちゃんへ

この頃、お母さんが面会に来ても哲ちゃんは不機嫌そうにしているので、今日は仕事で疲れているせいもあって、病院に来るのが、しんどかったです。検査や連休のために治療が遅れていますが、先生が哲ちゃんを放っているわけではないのです。

哲ちゃんはきっと、早く治療して早く元気になって、高校へ通ったりスポーツをしたいと思っているのでしょう。

でもお母さんは、しばらく強い治療をしていないのに病気が落ち着いているのが嬉しいのです。

その理由は、治療をすると怖い副作用の心配があるからです。

その一つの例が、去年十一月に罹った肺炎です。危なく命を落とすところでした。ほかにも肝臓や腎臓、心臓などの働きが悪くなる場合があるし、薬が血管から漏れると肉が腐ってくることもあるそうです。

哲ちゃんが不機嫌な理由の一つに、この大部屋が暑過ぎて（空調設備の老朽化のため）、小さい子供達がうるさいことがあるでしょう。だからY先生は別の部屋に替えてくれるそうです。そして気分転換に外泊してもいいと言ってくれているのです。

いつでも外泊できるように服を用意して来たけれど、今日はその気になれないようね。実は、お母さんも外泊はあまり気が進みません。家に帰る時は嬉しいのだけれど、外泊が終わってまた病院へ送って行く時が、辛いのです。

世の中には焦っても、どうにもならないことがあるのです。K大付属病院は、この辺りでは一番良い病院だと思うし、特に血液の病気については研究が進んでいると言われています。先生達も熱心な、いい先生ばかりだと思うので信頼して次の治療を待っていようね。

明日は何かおいしい物を、こっそり持って来るから待っていてね。

四月二十二日

私が仕事帰りに面会に行っても、暗い表情で自分からはしゃべろうとしない哲朗のそばで書いた手紙である。

日額一万円という個室料の負担が大きかったため、受験勉強が終わった段階で大部屋に移った。

哲朗以外は幼児と小学生だったので、病室は一日中うるさかった。

また、哲朗には伏せたまま骨髄バンクに登録し、ドナー探しのために必要な検査を進めていたため治療は中断していた。

治療の遅れや通学できない焦燥感から、哲朗は無断でしばしば病棟から脱走するようになった。またある時は、以前入っていた病棟のはずれの個室で、一人泣いているところを主治医に見つかったりした。

思春期であり、病名を告知していないための弊害でもあると考えられた。この時期は私自身も相当疲れており、良平さんの支えと励ましで、ようやく生きていた。

八方ふさがりのような日々が続く中、転機となる一つの出会いがあった。

夜間人気《ひとけ》のないロビーをうろついていた哲朗に声をかけてきたその人は、高野山の僧侶桐村さんであった。

彼の奥さんが子宮癌の末期のため病院に泊まり込んでいて、息抜きにロビーへ出て来ていたのだった。

哲朗とは親子ほどの年齢差がある桐村さんだったが、哲朗にトランシーバーを持たせ、連絡を取り合って急速に親しくなっていった。

私は初めて二人が一緒にいる場に居合わせた時、意気投合した友人同士のような雰囲気に触れ、不思議な感慨を覚えた。

しかし、哲朗がトランシーバー片手に規則を破って病棟を脱出する姿は病棟スタッフに知れ渡り、それを親の私が容認していると知った婦長は、怒りをあらわにした。

ほとんどが小学生あたりを基準にした病棟のさまざまな規則のもとで、休学中とはいえ、高校生としての自覚を持ち始めた哲朗が生活するのはもはや限界と感じ、主治医に退院を申し出た。

平成六年七月十日、桐村僧侶に見送られて一時退院したその夜、

「妻が亡くなりました」

という電話が入った。

桐村さんへ

お電話、ありがとうございました。この手紙を読んでいる頃は、もう高野山に帰っていることと思いますが、たまった疲れがドッと出て病気になっていないでしょうか？

僕の方は元気で、今日も朝から畑を作ろうと思って草抜きをしました。もち

ろんお母さんには内緒ですよ、ムフフフ……。でもやっぱり草抜きってもんは涼しい時にしないといけませんね。太陽の光で外は熱気むんむんって感じで、汗が滝のように流れ落ちました。

あっそうや、大事なこと、言うの忘れてました。将来、看護士になるってゆうやつです。それを早速、今日言ってみました。「あっ、そうか。それやったら資料もらって来たるわ」と言っていました。なんかお母さんも喜んでました。さすが、桐村さんの言った通りでした。桐村さんに「看護士、目指し（せ）」と言われた日の夜は、とても気分が良かったです。目標ができたからなのか、何か今までに感じたことのないような清々しい気分でした。桐村さんとの約束なんで、これからは目標に向かってしっかりがんばりたいと思います。

桐村さんもいろいろあって大変かもしれませんが、仕事を休めたら休んで、体にたまっている疲れを取ってゆっくりしてください。また桐村さんに会いに高野山へ行きますんで、楽しみにしといてください。

それではまた変わったことがあったら手紙書きます。くれぐれも体には気をつけてください。

七月十一日

哲朗より

桐村さんへ

残暑お見舞い申し上げます。

立秋とは名ばかりで、本当に暑い日々が果てしなく続いています。先日のお電話では、少々お疲れのご様子だったので案じております。

哲朗は、八月四日から外来で抗癌剤の点滴を三日間行ないました。今後何事もなければ、九月には少し通学できるかもしれないと期待しているところです。治る見込みが確かでないだけに、調子の良い時はできるだけ十五歳の高校生らしい生活を送らせてやりたいと思っているのです。

このたびの外来通院治療は、私が入院させたくないと強く希望したため、先生が「難しいのですよ」と言いながら考え出してくれた方法なのです。

初日は朝八時に家を出て、帰宅したのは夜の八時半でした。私の方が、ぐったり疲れてしまいました。

三日目には哲朗が気を遣って、私に、

「どこかで時間を潰してきたら」

と言ってくれました。

検査データが少しでも悪化すると、すぐ入院だと言われてしまうでしょうから、冷や冷やしています。

偶然にも奥様と哲朗が同じ日に退院となって、ちょうど一か月が過ぎましたね。ともに暮らした日々、時間の長さだけ思い出も多く、折に触れ悲しみが新たに甦るのではないかと想像いたします。

昨年の九月に哲朗の病名を宣告されてからというもの、私の脳裏には死の幻影が取り憑いています。

私にできることといえば、哲朗を見守ってやるだけなのですから無力に等しい……。

しかし彼の我慢強さには、我が子ながら感心させられます。この辛抱強さに免じて病気の方が退散してくれるといいのですが。

奥様のお好きだったお花でも供えていただけたらと思い、些少ですが同封します。

またご都合が良い時に、哲朗の顔を見に来てやってくださいね。

哲朗の母より
八月十日

S高校の担任K先生へ

九月に入っても日中は真夏並みの暑さで、先生方も大変でしょうね。

先日からたびたびお電話をいただき、ありがとうございました。

哲朗は七月十日に一旦退院し通院で治療していたのですが、八月十八日の検査データが悪く急遽入院となりました。

四月に少しだけ手を通した制服、真新しいままの通学鞄、教科書、夏の制服、体操服などを主《あるじ》のいない部屋で目にするのは辛く、何としてもこれらを身につけて通学できる日が来るように祈るばかりです。


三月三日に骨髄移植のドナー候補者が五人いるとわかり、コーディネートを開始し吉報を待っていました。しかし、適合するドナーが見つかったという連絡が入ったのは再入院してからでした。

移植が実現するためには、まず以前のような寛解になること、ドナーの最終同意が得られること、そして内科の移植担当医の日程調整、他の待機患者との順番調整など、いくつかの条件が整う必要があるのです。

これから先も本人の気力と体力、医学の力が頼りで、最後は「運」ではないかと思います。

私自身が看護職であるため、状況によっては悩みがより深くなるという苦しい一年でしたが、今後も哲朗の支えとなり、見守ってやらなければと覚悟しております。

お忙しい中、いろいろとお心遣いをありがとうございました。休学届を同封致しますので、よろしくお取りはからいくださいますように。

哲朗の母より

九月三日

看護婦のTさんへ

いつも哲朗がお世話になっています。

患者の母親から手紙を受け取り、びっくりされているかもしれませんね。

私は現在S市の保健所に勤務する保健婦ですが、若い頃には岡山大学付属病院の小児科病棟で看護婦として勤務した経験もあります。

当時も白血病の子供がたくさん入院しており、入退院を繰り返しながら亡くなっていく姿を目にしました。

あなたが哲朗の病状を、どの程度把握されているのかわかりませんが、私は今月一杯が大きな山だと思っています。やっとドナーが見つかったというのに再発してしまい、骨髄移植への道のりがまた遠くなってしまったのです。そして、今回治療しても再び寛解が得られるという保証はないのです。

一年前に緊急入院し、十一月には敗血症を起こして生死の境をさ迷いました。

その後、治療を続けながら病室で受験勉強をして高校に合格しましたが、通学することができず、辛い思いをしていました。

そんな時、子供さんにつき添っていたOさんが話し相手になってくれたそうです。哲朗が再入院したことを手紙に書いたので、今日わざわざ面会に来てくれたのです。

確かに今の哲朗にとって一番怖いのは感染ですから、面会は最小限にしなければ、と私も思っています。でもせっかくOさんが来てくれたのですから、せめて顔だけでも見ることができたら、哲朗はどんなに嬉しく思えたことでしょう。

夕方、私が病室に行くと、本当に残念そうな表情で報告し、お見舞いのお花さえも見せてもらえなかったと悲しそうに言いました。

病棟のさまざまな規則は、誰のためにあるのでしょうか？

高い個室料を払っているのは、感染を防ぐためです。現在、看護婦さん達が哲朗の病室に入る時、きっちり手洗いをしたりガウンをつけるほど感染防止に留意されているのなら、このような手紙は書きません。

現状は大勢の看護婦さんが、他の病室とかけ持ちで哲朗のケアをされていますよね。私から見ると、怖いのは面会人よりむしろ看護婦さんの方です。お見舞いのお花まで感染源扱いして突き返すなんて、もっての外です。哲朗を励ますために来てくれた人を、ガラス窓越しにでも面会させるくらいの配慮が、なぜできなかったのでしょう。

私は職場で、年間に約百人の看護学生の実習指導も担当していますが、哲朗が病気になってからは、患者サイドの視点を意識した看護について、学生に指導ができるようになりました。

患者は病気と、その治療のためにさまざまな苦しみを背負っているのです。その上、規則で悲しませたり落胆させたりしないでください。

あなたを責めるつもりで、この手紙を書いたのではありません。若いあなたには、これからもっと患者一人一人の心まで看護できるナースになっていただきたいと思い、敢えて苦言を呈しました。

哲朗の母より

九月八日

Iさんへ

あなたからの手紙を、四十五歳の誕生日の前日に受け取りました。数日前に、あなたと随分長いこと会っていないなあと思っていたところでした。

今日、偶然にも病棟へ行く途中のエレベーターの中で、昨年A病院で息子の診断をした医師に会いました。

息子は三月から大部屋に移ったのですが、空調設備が古いため室温が上がり過ぎて暑く、同室のチビッコ達はうるさく、通学できない苛立ちなどもあって精神的に落ち込んでいたため、七月に一時退院させました。

不思議なもので、家に戻ると別人のように明るくなって病気が嘘のようでした。そして以前にも増して、私の手伝いをしてくれていました。

通院で抗癌剤の点滴や輸血をしていたのですが、血液検査で炎症反応が上がったため八月十八日に再入院となってしまいました。

さらに二十五日には「再発」を宣告されたのです。

一か月あまり自宅で伸び伸びと過ごしたせいか、息子は再入院となっても案外冷静でした。私の方が再発に大きなショックを受け、落ち込んでいます。

皮肉にも、今頃骨髄バンクからドナーが見つかったという連絡がありましたが、もう一度寛解にならなければ骨髄移植はできないのです。

この一年で、私の人生観は大きく変わりました。

そして本当に大事なものと、そうでないもの、人の心の中などが、とてもよくわかるようになりました。

息子も大きく成長しました。

七月の退院前に、主治医と移植担当のT先生との間で連絡ミスがあり、息子はまだ病名を知らないのにT先生が骨髄移植の話をしてしまったそうです。息子はとても驚いたようですが、移植のことは前向きに受け止めています。

病名については、息子が知りたがれば話すつもりです。今のところは聞いてきませんが、ひょっとすると本当のことは知っていて、病気と正面から向き合っているのかもしれません。

この一年は毎日がドラマのようでした。

息子の病気により、彼も私も実にたくさんの人達と出会い、心を通わせました。

一方で入院が長引くにつれて、何の罪もない病人が囚人以下の生活を強いられる現実に啞然とし、患者の人権を軽視する日本の医療に憤りを覚えました。少なくとも、囚人以上の療養生活を送らせようと思ったら高い個室料金を負担しなければならないのです。

息子からの全幅の信頼に応えるために、私はまだまだがんばらねばなりませんが、ここまで来れたのは良平さんと、あなたを初めとする友人達のお陰だと感謝しています。離れて暮らす両親や兄は何の役にも立ちません。都合がついたら息子の顔を見に来てください。大人っぽく、そしてハンサムになっていますよ。

十月五日

十月六日は私の誕生日だった。少し前に良平さんが、「プレゼント、何が欲しい？」と尋ねてくれたので「ラブレター」と応えておいた。

るみこ様

朝夕少々肌寒さを感じるようになり、金木犀《きんもくせい》の良い香りが漂う今日この頃です。

ダンス教室で初めて会って、もう三年以上、二人きりで過ごす月日も二年と四か月が過ぎました。

おたがいの人生の中でも、大きな転機となる出会いであったように思います。現在、貴女にとって息子さんの病気もあり、厳しく辛い日々が続いておりますが、できる限りの応援をしますので、希望を捨てずにガンバッてください。

誕生日オメデトウ。

これからも息の長いつき合いとなると思います。よろしくお願いします。何はともあれ、貴女の健康が一番大切だと思います。できれば胃の検診なども受けて自愛して欲しいと思います。ササヤカですがオコヅカイを少し同封します。何か身につける物でも買ってください。

I love you!

良平

三日遅れで良平さんから受け取ったプレゼントが嬉しくて、何度も読み返し、良い物をもらったと満足した。

いろいろなことがあった半生だが、良平さんとの出会いは彼の言葉通り、私にとってても大きな転機となった。

哲朗の再発を経験し、寛解を維持することの難しさを知った私は、M助教授や主治医のY先生と相談して府立Bセンターへ転院させることに決めた。

府立Bセンターは子供の骨髄移植実績では日本一と言われており、哲朗のように一日も早く移植を必要とする患者にとって、うってつけの病院であった。スタッフ不足を補うためと、子供の心を安定させることに配慮して、移植の際も母親が無菌室内でつき添って身辺の世話をすると聞いていた。

平成六年十一月十八日に二度目の退院をして、府立Bセンターに入院したのは二十五日であった。

この狭間の自宅待機中に、哲朗が自分の病名を知ってしまうという事件が起きた。

哲朗君のお母さんへ

北風が冷たく肌を刺す季節となりました。

先日は哲朗君の作った可愛いくす玉とニッコリ笑顔の写真を送っていただき、本当にありがとうございます。

哲朗君と出会ってから、もう一年が過ぎました。実を言うと実習で受け持たせていただくと決まった時、外来での経験しかない私に何ができるのか、そしてどう接していけばいいのだろうと不安でたまりませんでした。

その中で一つ、大きく哲朗君と私を近づけたのは私自身の入院経験でした。私の体験を土台として、〝思春期で白血病男子の看護〟というマニュアルではなく、哲朗君という一人の男の子が今、思春期であり、病気であるだけなんだという考えを持ち、そして何か援助・看護をするんだという気負いではなく、哲朗君の今を、その時その時感じる寂しさ、痛み、苦しみ、そして喜びといった感情をともに受け、少しでもその気持ちを理解できるような存在になれればいいなと思い、実習に臨みました。

哲朗君にとって、それがプラスのものとなったかどうかは……。

哲朗君に答えを聞く間もなく（いや、プラスともマイナスとも感じる時間もなかったかもしれないんですが）、三週間の実習が終わってしまいました。でも、今こうして哲朗君やお母さんとの手紙のやり取りができることをとても嬉しく思い、私自身感謝の気持ちで一杯なんです。哲朗君への手紙は、哲朗君という一人の友人に出しているという感覚で書いていますので、お母さんからお礼を言われると、すごく照れます。

私事ですが、実習中に（一年前）父方の祖母、母方の祖母の二人が入院してました。父方の祖母は一緒に住んでいた家族の一人です。心停止で運ばれ、一

CUに入っていたため、毎日会話のない面会をしていました。二週間ほど入院し、冷たくなって帰宅しました。

母方の祖母は肺癌の術後で週末にはつき添っていました。一度退院し私の家で養生していましたが、もう癌が広がっていたため、十日ほど家で過ごしただけでした。哲朗君の実習中にその祖母が再入院となり、家の近くの病院であったため、実習、病院でのつき添い、そして家事手伝いという生活が続きました。その祖母も年末には息を引き取りました。

二人とも、私の結婚を望んでいたため、私達は予定通りに式を挙げ、仏前で報告をしました。二人の祖母の入院・死は私にいろいろなことを考えさせ、教えてくれました。患者家族の気持ち、つき添いの大変さと、一緒にいられる喜び、疼痛緩和のための薬剤使用、その副作用、痴呆老人への接し方など、今考えると辛い中にも喜びや家族の助け合い、絆を感じさせられたと思います。

哲朗君を内から外から支えておられる家族の方々の力の素晴らしさを、哲朗君とお母さんを、そしてお父さん、お兄さん、お祖父さん、お祖母さんを見ていて感じました。

病院での息子さんへの看護、家庭での妻、母、主婦としての役割、仕事での役割をこなすお母さんには、ほんの少しつき添っていただけの私などが想像もできないほどの苦労や心配もあることと思います。また保健婦としての知識・技術があるのに、手を差し延べられない時のもどかしさも、私が考えている以上のものと思います。

これから、どんどん寒くなっていきますので、お身体には十分気をつけてがんばってください（偉そうなことを言ってすみません）。転院（Bセンター）となると、K大病院より遠くなり交通量も多いところですので、事故などにも遭われませんように。そして一日も早く哲朗君が病気を克服することを願っています。

それでは、また。

T子

十一月十七日

この手紙は一年前、哲朗が敗血症を起こしていた時期に実習で病棟に来ていた、当時看護学生だったT子さんが私宛にくれたのだったが、哲朗は自分宛と勘違いして読んでしまったのである。

その夜、台所で夕食の片づけをしていた私に、哲朗が突然聞いてきた。

「僕、白血病なん?」

十一月二十四日、府立Bセンターの外来で、K部長から正式に病名告知と今後の治療について説明を受けた哲朗は、冷静だった。

翌日、入院するために指示されていた四階西病棟へ行った。

今度の主治医は一見して、K大の主治医Y先生とはまるで違うタイプだったせいか、哲朗はしばらくの間、拒否反応を示していた。

私はK大付属病院に比べて府立Bセンターが、まだ新しく大部屋でもベッドが四つで、周囲がゆったりしていることが気に入った。

そして府立病院という点で、看護のレベルに期待が持てるような気がしていた。

また、骨髄移植の際に入る無菌室は個室料金がかからないと聞き正直嬉しかった。

三十日、全身麻酔で自家骨髄採取とIVH（経中心静脈栄養法）の管植え込みの手術を行なった。

哲朗は高校生というプライドのためか口には出さなかったが、かなりの不安と緊張があったようで、前夜に腹痛を訴えたという。

当日も手術室から病室に戻って来た時、麻酔が完全に醒めない状態で私の顔を見たため、ほっとしたのか涙を流していた。

通常、骨髄を採取すると腰痛がしばらく残ると聞いていたので、私は翌日の午後、仕事を休んで病室へ急いだ。

ところが意外にも哲朗は元気で、ベッドに座って編み物をしていた。遅ればせながら私の誕生日プレゼント用にマフラーを編んでいたのだが、器用に棒針を動かす姿に看護婦達が驚いていた。

クリスマスの頃には見舞いやプレゼントが次々と届けられたが、私の友人Tさんもプレゼント持参で面会に来てくれた。

Tさんは以前、市民病院の手術室で働いていた看護婦で、K大付属病院に入院していた時から毎月定期便のように見舞ってくれた。そして、万一の場合に備えて、つき添いの交替要員として控えていてくれたのが、私には心強かった。

骨髄を提供してくれるはずのドナーから一向に最終同意が得られず、焦燥感を強め胃潰瘍の薬を飲み始めた私を心配して、良平さんがダンスに誘ってくれた。

一年四か月ぶりに踊る日、彼は私がプレゼントしたばかりのテンセルのシャツを上手に着こなして、とても素敵だった。

良平さんへ

いつも、さよならをしたあとで気づくのです。

「とても楽しかった、ありがとう」

を、言い忘れてしまったことに。

一年四か月ぶりのダンス、本当に楽しかった。息子の入院以来、踊るなんて考えもしなかった。でも、あなたが連れ出してくれたから、大好きなタンゴとルンバを思いっきり楽しむことができました。

今日、息子に話したら笑顔で、

「また踊りに行ったら（いいよ）」

と言うのです。我が子ながら大物だと思いました。もし私が息子の立場だったら、きっと「私は病気でしんどい思いをしているのに……」と言って不愉快な顔をすると思うのです。でも彼は、自分の病気のせいで母親が何もかも犠牲にするより、ときどき気晴らしをする方がいいと思っているようです。

息子の闘病が続く中、こんなにも穏やかな気持ちで年の瀬を迎えられるのは良平さんのお陰です。今年も支えてくれてありがとう。

来年も、どうぞよろしく！

るみこ

平成六年十二月二十六日

府立Bセンターでの初回治療後、体調が回復しないため、平成七年の元旦は病室で迎えた。

ほとんどの患者が外泊し病棟はすこぶる静かで、四人部屋は哲朗一人であった。

知人のSさんから心尽くしのお節料理と手紙が届き、哲朗と私は平穏な三が日を過ごした。

一月十七日、忘れもしない大地震が、早朝に起きた。

何かが倒れた音で目が醒めたが、その時はまさか大地震とは思っていなかった。

時間の経過とともに、大変な被害状況が明らかになっていった。すべてのメディアが地震関連の報道ばかりとなり、頭上には神戸へ向かう救援ヘリコプターの群れが見えた。

同僚の保健婦達も神戸へ向かったが、私はいつ急変するかもしれない哲朗から離れることに不安を感じて保健所に残った。

人生には、いつ、どこで、何が起きるかわからない。

しかし似たような境遇にあっても、人間には運・不運があると感じた。

早く救出されて助かる人、救助されても命を落とす人、行方不明の人など……。

私は地震の被災者と、ドナーからの最終同意が得られず、さりとて骨髄移植以外の治療の選択肢がない哲朗と、一体どちらが不幸、不運なんだろうと考えた。

二月二十一日、やっと骨髄バンクから吉報が届いた。バンクに登録して一年、ドナーが見つかってから半年も経過していた。最終同意を得るのに時間がかかったのは、ドナーの家族が遠隔地であったためで、ドナー自身は早く骨髄を提供したいと希望していると伝えられた。

通常、骨髄移植後は退院まで三か月かかると聞いていたので、新学期からの通学は不可能となった。高校は出席日数が足りなければ留年で、哲朗はそれが嫌なのであった。

すぐに私は銀行へ走り、ドナーの保険料を払い込んだ。

四月十四日が移植日と決まった。

私は職場で介護休暇を申請し、長期不在に向けて仕事の整理に追われた。

三月二十四日、悪夢のような知らせが届いた。

ドナーの健康上の理由で骨髄採取ができないという連絡が、骨髄バンクから主治医に入ったのだった。

移植中止による私の落胆ぶりは相当大きく、哲朗や良平さんを心配させるほどであった。

私は本気で、現実から逃避したい、死んでしまいたいと思っていた。

そんな私に一通の手紙が届いた。

四月二十六日（水）

今日は会社を休んでいます。平日に休みを取ったのは、ここ数年来、記憶にありません。

母親が、この日曜日の選挙から帰ったあとずっと寝込んでしまい、昨日から三十九度ほどの熱が続いていていたためです。

昨日、外勤していた先に、娘から会社へ連絡があったとの知らせが入り、家へ電話をすると娘が大騒ぎをしていた次第です。

昨日は一晩中高熱があり、場合によっては救急車でも呼ばなければと思ったほどでしたが、今朝になって熱も下がりやっと落ち着いた状態です。

母のかかりつけの近所のお医者さんに、どこか病院を紹介してもらおうと出向いたところ、T病院の内科へ紹介状を書いてくれました。

現在のところは少し気分も良くなっているので様子を見て入院させ、方々検査をしてもらおうと思っています。

さて私事はこれくらいにして、先日来、貴女の気が随分と滅入っている様子が気にかかってなりません。慰める言葉も気休めにしかならないと思いますが、がんばって欲しいと思います。息子さんのことばかりは、貴女の力だけではどうしようもない運命にあるのではないでしょうか。その流れに任せるより仕方がないと思います。現状の中でできることを、できるだけ続けていかねばならないのではないでしょうか？

貴女にはっきりと告げたことはありませんが、私にも大変辛い過去があります。それは今から約十八年前、昭和五十二年八月二十六日に突然妻を交通事故で失ってしまったことです。

三歳と五歳になったばかりの二人の子供を抱えて、途方に暮れてしまいました。

私はその時、三十二歳でした。

一時は何をする気力もなく、暑い夏の日に二人の子供を自転車に乗せて走っている自分に気がついて、何をしようと走っていたのかもわからず、ハッと我に返るといったこともありました。しかしもともと楽天的にできているのと、非常に幸いしたことに、私の母親が徳島で父に死なれたあと一人で暮らしており、子供の面倒を見てくれるということで、間もなく立ち直ることができたわけです。

ある日突然失うということは辛いものです。良い思い出だけが残って、なぜもっと大切にしてやれなかったかと残念に思うことがあるからです。

多分、貴女は私のことを所帯染みたケッタイな男だと思っているでしょう。過去十八年間の、身についたどうしようもない生活のせいです。やはり世間一般の男よりも、多少は母親としての役割を果たさなければならなかったからです。子育てに失敗したのもすべて自分の責任になってしまうからです。

貴女を励ます言葉が、私の過去の告白になってしまいました。こういった心境については母にも、まして子供にも誰にも告げたことはありません。人はいろいろな経験を経て一生を終えていくものだと思います。辛いことも楽しいことも、終わってみればチョボチョボだと思って、その中で精一杯楽しみを見つけるように努力することが必要ではないでしょうか？

昨夜はあまり寝られず頭が冴えなくて取り留めもない言葉になりましたが、貴女の生きる力に少しでも足しになればとペンを取りました。

いつも私が行っている墓参りは亡妻のためです。気が向いたら一度一緒に行きませんか？

愛する　るみこ様へ

良平

封筒裏の差出人は、彼の娘の名前になっていた。離婚成立後も哲朗が闘病中のため、やむを得ず夫と同居を続けていた私への配慮であった。

ダンス教室で知り合った当時、彼は妻帯者を装っていたが、二人きりでつき合うようになってから、私はそのことに疑念を抱くようになっていった。さらに、ある時期からは、

「奥さんは、いない」

と確信するようになった。

良平さんからもらった手紙を読んで、私が彼を想う以上に彼は私を深く愛してくれていると知り、改めて私達二人は巡り合うべくして出会ったのだと思えた。


再びドナー探しが開始され、二人目の適合者が見つかったのは半年後の秋であった。

しかし、今度はドナーの都合で移植は翌年の二月まで待たなければならなかった。


そして十二月、またもや哲朗は再発してしまった。

打ちのめされた私は、「再発」を哲朗に悟られないよう細心の注意を払いながら、主治医と今後の治療について話し合った。

移植に辿りつくためには、哲朗の体力と気力を維持しなければならなかったから、弱い抗癌剤で病勢を抑え、「再発」の事実は主治医と私だけの密事となった。


平成八年の元旦も、哲朗と私は静かな病室で過ごした。

ようやく移植日が二月二十九日と決まった。


二月に入ってから移植前の最後の外泊許可が出た。

いつもの外泊時と同様に、哲朗が楽しそうに兄と語り合うのを見届けてから、私は二階の自室で眠りに落ちた。

夜中にドアを叩く音で目が醒めた。

ドアを開けると、夫が手で胸を押さえて立っていた。

「胸が痛い」

と言い、顔は痛みと不安でこわばっていた。

ヘビースモーカーで飲酒習慣のある彼が、以前から境界域糖尿病であることは知っていた。胸痛は心筋梗塞によるものではないかと思われ、迷わず一一九番に通報した。

救急車には長男を同乗させ、判断に迷ったら電話するように指示した。

一時間ほど経った頃、長男から第一報が入った。

「T病院に来たけど、『心筋梗塞だと思うので専門医のいる国立O病院へ行って欲しい』と言われた」

長男からの第二報。

「国立O病院に来た。先生が、心筋梗塞なのですぐ処置をしないと命にかかわると言っている。処置するなら『手術承諾書』が必要だと言われた。どうしよう?」

私は困惑している長男に、心筋梗塞に対して行なわれる処置の内容と「手術承諾書」の意味を説明し、署名するように指示した。

長男からの第三報。

「無事に終わった。僕は今から帰りたいけど、タクシーが来ない」

国立O病院まで長男を迎えに行って家路につく頃、東の空は白々と明け始めていた。

私はその後しばらくI市の府立Bセンターと、K市にある国立O病院の両方に車を走らせなければならなかった。

夫に対する救命とその後の援助は、もちろん妻として行なったわけではない。敢えて理由づけするなら、私がプロの看護者であったからだ。


二月二十九日、やっと骨髄移植に辿りついた。

移植に先立って主治医が骨髄を受け取りに行ったのだが、私はその日、朝からそわそわと落ちつかない時を過ごした。夕方、無事到着した骨髄のバッグを見届けて、ようやく私は胸をなでおろしたのであった。


しかし、時はすでに遅し、であった。

発病から二年五か月以上経過していた。

骨髄移植を待つ間に行なった抗癌剤の治療で哲朗の体は疲弊してしまい、ドナーから提供された骨髄で甦るだけの活力が、もう残されていなかったのだろう。

もっと早く移植を受けるチャンスに恵まれていたなら、

「今頃、哲ちゃんは看護師を目指して病院で実習に励んでいたかもしれないね」

と、私は遺影に語りかける。

哲朗の死後発見した手紙は、平成七年に私の誕生日のために書いたようだが、照れくさかったのか、私は彼から直接受け取っていなかった。

お誕生日おめでとうございます。

お母さんの誕生日を連続で病院で祝うとは思いませんでしたが、とにかくめでたいことです。本人は嬉しくないでしょうけど。思えばこの一年いろいろありましたが、僕が思うには、あっという間に過ぎたような気がします。近くにいる男三人が役に立たないばかりに、お母さん一人にしんどいことを押しつけて本当にごめんなさい。僕が入院してからは何一つ楽しいこともなく、ただ黙々とがんばって本当に感謝しています。

僕も早く退院したいんですが、運が悪く、なかなかそういう話は聞けませんが、もう少し情けない息子に力を貸してください。

よろしくお願いします。

哲朗

P.S.来年は家でお祝いができるように、できる限りがんばります。

もう一つのエピソード。

哲朗の死後、しばらくしてSちゃんのお母さんから美しい白い供花が届いた。

「ずっと　お友達でいてください！　　Sより」

というメッセージが添えられていた。

Sちゃんは同じ病棟に入院していた女子中学生だった。哲朗のことが好きで、看護婦を介してときどき手紙や自作の手芸品などが届けられていた。

そのSちゃんが、哲朗の死の一週間後に亡くなっていたと私が知ったのは、しばらく経ってからだった。

哲朗の死にまつわるすべての用事を、私は一人で取り仕切ったが、終わった途端、虚脱感に囚われ労働意欲も失っていた。新たに自分のための住まいを探す気力もないまま、疲労困憊した心身を癒すために岡山へ帰省した。

久しぶりの実家で娘に戻って両親と過ごしていた時、私の勤務先S市でO－157の食中毒事件が勃発した。

職場が混乱している様子や同僚の保健婦達が忙しく働いている様子などを想像すると、じっとしていられなくなり、私は久々に職場へ復帰した。

私がようやく通常の生活に戻った八月の半ば、良平さんが体調を崩した。会社の近医で診察を受けていたが、なかなか診断がつかないまま日が過ぎていった。彼の症状から呼吸器疾患であることは、ほぼ間違いなかった。九月に入っても診断がつかないことに業を煮やした私は、強引に呼吸器の専門医へ彼を連れて行った。

初老の医師は良平さんの胸に聴診器を当てるなり、

「あっ、音がおかしいね」

と言った。

「肺炎」と診断され、国立K病院に入院することになった。

良平さんが入院した九月十六日は、奇しくもかつて哲朗が白血病で緊急入院した日と同じであった。

約一か月、良平さんの看病と仕事で忙しく働いたことが、結果的には私の心身にリハビリ効果をもたらした。

そして私は、良平さんの家の近くで建築中だったマンションを購入することに決め、完成を待たずにその地で私の新しい戸籍を作った。

平成八年十二月のことだった。


翌年の五月に新居が完成し、六月に入居して、良平さんと私は別居別姓のパートナーとして、新たなスタートを切った。

おたがいに仕事を持ち、成人した子供がいる我々にとって、このライフスタイルはもっとも都合が良かった。

彼の入退院の世話を私が全面的に引き受けた関係上、私は彼の家族（母、長男、長女）と顔を合わせる結果になった。

「家族が、あなたにお礼を言いたいと言っているから」

と言う良平さんの誘いを断わりきれなかった。彼は子供達が自立したら私と暮らすことを望んでいたため、その後も何かと理由をつけては私を自分の家に招き入れようとしたが、私は滅多に彼の家を訪問しなかった。

私は良平さんを恋しいと思う自分の気持ちを、できるだけ長く保ちたいと願っていた。そして結婚生活と、それに続く長い離婚訴訟という苦い経験から、「二度と法律婚はしない」と決めていた。だから私は、自分の息子を良平さんに会わせようと考えたことは一度もなかった。

良平さんは毎日、仕事帰りに電話をくれた。家に着いてからかけるのは、実母や娘の手前照れくさいと言って、家の近くの公衆電話からのラブコールだった。

自分で「ワーカホリック」だと言っていた良平さんが、私と出会ったことで視野が広がりプライベートタイムを楽しむようになった。

工場長への就任が決まった時、背広を新調し、二人で新生活の記念撮影をした。八月で写真館は暇だったのか、店主が勝手にポーズをつけ何枚も写した。

公私ともに充実した最中《さなか》の良平さんの「顔」は、自信と喜びにあふれ輝いて見えた。

週末に私の家で過ごす良平さんは、すべての役割から解放されて心底リラックスしていた。私の手料理を褒め、家事能力に驚き、

「娘に見習わせたい」

と言った。そしてほろ酔いになると、

「至福のとき」

だと言って私を抱いた。


しかし幸せな日々は、半年ほどしか続かなかった。

平成十年の三月に、良平さんの息子T夫が悪性腫瘍のため緊急手術を受けたのだった。T夫の病気がわかってからの良平さんは、傍目にも痛々しいほど憔悴していった。そしてT夫が術後の経過がよく、無事退院した頃には、すでに良平さんの体が病魔に蝕まれていたのだった。


平成九年の十二月に難航の末、やっと「介護保険法」が成立した。その時、

「介護支援専門員（ケアマネジャー）」なる新たな専門職が誕生することを知り、私は是非ともこの資格を取りたいと思った。かつて十四年間保育に携わり、乳幼児に関することはすべてマスターしたと自負していた私は、今後は成人、高齢者にかかわる仕事をしたいと考えていたからである。

ところが平成十年の三月末、私に体育館へ「休職派遣」という身分で転勤、という内示が出た。この人事異動は、介護支援専門員の資格取得を目指していた私にとって、非常に不利であった。なぜならS市は、介護保険法の施行に向けて市職員に対し「介護支援専門員・公費受験」という制度を新設したのであるが、「休職派遣」の私は、その制度の対象外だと判断されたからだ。

皮肉にも、これから介護保険にもっとも近い所で仕事をしたい、そのために介護支援専門員の資格を取りたい、と誰よりも早く、誰よりも強く願っていた私が、介護保険からもっとも遠い職場に転勤になってしまったのだった。

「ぜったいに、一度で合格してやろう」

強く心に誓って六月から受験勉強を開始した。雑務を終えて夜十時頃からテキストを開くと、三十分もしない内に睡魔に襲われることもしばしばだった。

自腹を切って受験対策セミナーを受講したり、模擬試験も受けに行った。

受験勉強が波に乗り出した八月、良平さんの体に変調をきたした。

前年の肺炎の時と同様、近医で診察や検査は受けていたが、診断がつかなかった。

八月の末に偶然目にした、Y新聞の医療情報コラムが妙にひっかかった。それは、取り上げられていた「多発性骨髄腫」という病気の症状が、良平さんのそれと共通する点があったからだ。

中でも気になったのが「貧血」であった。

哲朗を亡くした後、哲朗が受けた膨大な量の輸血に対して、少しでも報いたいと思って私はずっと献血を続けている。そんな私につられて、良平さんも数回献血をした。献血できたということは、貧血とは無縁だったのである。

ところが近医での血液データに、僅かながら貧血が認められていた。

そして本人は「ぎっくり腰」だと言ったが、起き上がれないほどの酷い腰痛も当てはまる。私はにわかに不安を覚え、受験勉強どころではなくなった。こんな病気ではないと証明するために、大学病院へ行こうと考えた。

受診を渋る良平さんをようやく説得して、K大学付属病院の血液専門外来を受診したのは九月で、朝夕は秋の気配を感じるようになっていた。

初診では型通りの問診と血液検査が行なわれ、一週間後、結果を聞くために再び受診した。

名前を呼ばれて良平さんが一人で診察室に入った。待ち合いの椅子に掛けて私は祈っていた。

「やっかいな病気ではありませんように……」

ほどなく診察室から良平さんが出て来た。いつになく、やや上気した顔で、

「やっぱり、骨髄腫やった」

「えっ」と言ったまま、私は次の言葉が見つからなかった。

かつて哲朗が、血液の癌と言われる白血病に罹っているとわかったのが、平成五年の九月であった。

五年後の九月、今度は良平さんが、これまた血液の癌と言われる多発性骨髄腫と診断されたのであった。

私がもっとも愛した哲朗ばかりか、良平さんまで血液の癌に冒されるなんて……。なぜ私ばかりが、こんなめに遭うのだろう……。

奈落の底に突き落とされた思いの私にとって、唯一の救いは本人に病名を隠す必要がないことだった。


多発性骨髄腫は、従来高齢者に多いと言われていたが、最近は若年の患者もめずらしくなくなった。特効薬がなく、骨髄移植や末梢血幹細胞移植というような治療も試みられていたが、治癒したという症例はまだなかった。

私は記憶に新しいY新聞の記事を頼りに、「多発性骨髄腫患者の会」の会長宅へファクシミリで入会の申し込みを送った。

それまでパソコンには滅多に触れることがなかった私だったが、タイムリーな情報収集のために、一日も早く患者の会のメーリングリストに参加したいと思った。運よく私の長男はパソコンのプログラマーだったので、彼のお陰で私はパソコン教室に通うことなくメールその他、自分に必要な操作ができるようになった。

本来なら受験勉強の総仕上げともいうべき時期に、私は良平さんの看病と受診のつき添いのため十分勉強をすることができなかったが、十一月には無事合格通知を手にした。

詳細は知らないまま、私の長男さえもパソコンを通じて良平さんに協力していた状況にあって、当時二十七歳のT夫と二十五歳のY子が、いずれも経済的自立を考えず、癌に冒された父の脛をかじり続けることに、私は疑問を感じるようになった。

診断がついてからも、しばらくは内服薬で小康状態を保つことができたので、良平さんはほとんど仕事を休まなかった。そして、平成十一年の十月に大阪で初めて開催された「多発性骨髄腫患者の会総会」には、私と一緒に参加した。

しかし、血液データの悪化に伴って体の痛みが増し、身体機能は低下の一途を辿っていき、主治医から入院を強く勧められるようになった。

それでも仕事を休んで入院治療をする決心が、なかなかつかなかった良平さんであった。そんな彼を心配してアドバイスしてくれたのが、メーリングリストで知り合ったE子さんだった。

同じ病気で同世代のE子さんから送られてくる親身なメールによって、ようやく良平さんは入院治療を決心し仕事の整理を始めた。

十二月に入ってからは、とても電車通勤できる状態ではなく、また昼食時、自分のデスクから社員食堂までの移動さえも辛い状況になっていた。そのため私は毎朝彼のために弁当を作り、彼の家へ迎えに行って会社まで送り届けたあと出勤、そして夕方も、私が仕事を終えてから彼を会社まで迎えに行って家まで送るという生活を続けた。

体の痛みと貧血のため、母親から借りた杖を頼りにようやく歩くという状態だった彼は、私の車の助手席に体を沈めると、

「助かるなあ」

と呟き、力ない笑顔を私に向けた。

二年前に工場長に就任し、瀬戸大橋や明石海峡大橋などの長大橋を手がけた技術者としての夢を集大成させるべく、日夜励んでいた彼の胸中を想うと、私には彼にかける言葉が見つからなかった。


平成十二年一月五日、私が約束の時間に良平さんを迎えに行くと、彼の息子と娘も入院につき添うつもりらしく家から出て来た。

病室は十一階で見晴らしが良く、O市の住宅街が見渡せた。彼のベッドは六人部屋の右列真ん中であった。

偶然にもその日、病室の受持ち看護婦は、以前哲朗が入院していた小児科病棟で顔見知りのSさんだった。お互いに懐かしく近況を伝え合ったが、彼女は近々結婚のため退職するらしかった。

間もなく主治医が来室し、簡単な診察のあと、当面の検査予定と治療の説明があった。

多発性骨髄腫には特効薬がなく、数種類の抗癌剤を、病院ごとで組み合わせ方や量などを工夫して治療するというのが現状だった。だから患者の会から得られる情報は貴重で、中には医師も知らない新情報があったりする。そのため医師によっては、患者会情報を快く思わない場合もある。最初の主治医はどうやらそのタイプだったようで、良平さんが彼に情報提供しても反応が得られず、がっかりしていることがあった。

良平さんが入院しても、息子T夫は大学院に籍を置き、父の経済的援助で借りていたA市のアパートから週に一、二度面会に来た。娘のY子は、ようやく危機感を覚えアルバイトに行き始めた。

良平さんは、子供達がそれぞれ社会的経済的に自立をはかることを強く望んでいた。だから私は、彼らの負担を軽くしてやるつもりで、入院してからも仕事帰りに毎日病室へ寄り、彼の話を聞いたり、身の回りの世話を続けたのだった。しかし子供として当然担うべき役割があり、それを知らせるために時折、私は彼らに指示することがあった。それをT夫は、他人の私に家庭内のことを

指図されたと受け取り、私宛にファクシミリで抗議文を送ってきた。またY子が病気の父に、まるで幼児のように、

「車を買ってくれないと仕事を続けられない」

と、電話の向こうから叫んでいるのを聞いて私は唖然とした。

私が良かれと思って続けてきたことが、かえって子供達自身の役割を見失わせているのではないか、そして良平さんの父性愛は度を越している、という思いが募っていった。

一月三十日、いつものように面会を終えて病室を出る時、私はさりげなく良平さんに手紙を手渡した。内容は入院以来の子供達の身勝手さと、良平さんのなみはずれた父性愛に呆れ果てた私からの決別の辞であった。

笑顔で私を見送った良平さんが、その直後に手紙を読んで、いかに驚き慌てたかが手に取るようであった。帰宅してみると、すでに留守電に良平さんからの長いメッセージが入っていた。

「私の考えが及ばなかった。全面的に私や子供が間違っていた。あなたの意見

が正しいと思います。あなたの厚意に甘え過ぎた、私の過去から繰り返してきた過ちと思う……。しかし私はあなたの援助が必要で、勝手とは思うが従来どおりお願いしたい……」

抗癌剤治療の副作用で脱毛することを良平さんはもっとも懸念していたが、幸い杞憂に終わった。しかし肝心の本疾患に対する効果が、いずれの薬からも得られなかった。

骨病変の進行と焦燥感から痛みの訴えが増え、やせ細った顔から笑顔が消えていった。二人目の主治医は温厚で患者会情報にも好意的であったが、相変わらず治療効果は上がらなかった。

一月末の手紙の件以来、良平さんは私に気を遣い、「毎日は来なくていいよ」と言いながら、私が面会に行かなかった日には必ず電話をかけてきて、「明日は来て欲しい」と言った。そして私と話している間は、

「痛みを忘れる」

とも言った。私にはよくわかっていた。良平さんが心の憂さを晴らす相手は私しかいないこと、そして誰よりも私を必要としていることが。

八月の半ばに良平さんの口から、T夫がフランスに行きたがっていることを知った。そして、彼がそれを許すつもりでいることを知り、私は唖然とした。言葉を失っている私に彼は、

「まことに勝手とは思うが、これからもよろしくお願いしたい」

と、言った。私はT夫のことを「父の脛をかじって大学院に行くだけに止《とど》まらず、さらに看病を放棄して外国へ逃げ出す親不幸者」だと思った。

八月末に看護婦が血圧測定をした際、右上腕に酷い内出血を起こし麻痺してしまった。髄外腫瘍ができていたところに出血というマイナス要因が加わったためで、以後右腕は麻痺、左腕は点滴のため、自分で起き上がることができなくなった。この時点で私は良平さんの辿る経過を予見してしまった。

「五十六歳の誕生日(十二月十日)を迎えることはできないだろう……」

それほど病状が悪化していることを本人もT夫も認識できておらず、フランス行きの話が進行していたので、私は初めて良平さんに無断で彼の長兄宅に電話を入れた。

近くに住みながらも、良平さんが元気な頃は私生活は没交渉であったため、兄夫婦は寝たきりとなった良平さんに少なからず驚いたようだった。そして、T夫がフランスに発ったあとはY子をしつけて世話をさせると言った。

しかし実際にY子のしつけ役となった兄の妻S子は、Y子の身勝手さに手を焼き、その苛立ちを私に向けるようになった。

「弟の世話は全面的にこちらが引き受けるので、あなたには精神的な支えをお願いします」と、きれいごとを言う兄。

夫婦でのんびり山歩きなど楽しんでいた生活に、突然義弟の看病と、わがままに育った姪のしつけ役が割り込んできたため、その腹立ちを私に向けてくるS子。

父親の看病よりも、自分の将来のためにフランスへ発ったT夫。

やっとアルバイトに行き始め、父親の看病は二の次という態度のY子。

唯一人、高齢の母だけが、会うたびに私に対して感謝の意を示してくれたのだった。


完全に寝たきりとなってからは床ずれができ、出血性胃炎で絶食が続き、出血性膀胱炎も起こして苦しみ、眠っている時も半眼状態であった。夜間譫妄《せんもう》などの意識障害が出るようになって、九月半ばに個室へ移った。個室を「寂しい」と言って、良平さんはますます私に依存して甘えたりわがままを言うようになったため、毎晩私は十時頃まで病室に残って彼が眠りに入るのを待った。

このままでは私の体が持たない。哲朗の時のように介護休暇を取るか、それとも手を引くか、私は疲れた頭で逡巡した。

意識障害の原因が、高アンモニア脳症であるとわかり、薬により一時的に改善したが、

「T夫に戻って来るように言うてくれ」

と何度も口にするようになった。やはりT夫のフランス行きは、良平さんの本意ではなかったのだ。


十月二日、私がいつものように仕事帰りに病室へ行くと、良平さんはいつになく大きな声で、

「結婚しよう。あと三年生きて新しい治療を受けたいから、一緒になろう」

と言った。

あまりに唐突だったので、私は驚いて彼の顔を見たが、彼はすっかりその気になって、

「ネックレスと指輪を注文する」

と言った。そして、

「きのう、兄貴に話したら、兄貴は黙っとったが、S子さんが反対しよった。Y子も何か吹き込まれたらしい、あなたをお母さんとは呼びたくないと言うた。子供はもういい。結婚は二人だけの問題やから。おふくろは喜んでくれるよ」

真剣な顔つきで私に一部始終を報告する良平さんに、敢えて異論を唱える必要はないと思った。彼の手を握って安心させながら、ここまで病状の悪化した父親の切実な願いを聞き流すことができなかったY子と、向きになって反対したらしいS子の大人気なさを、私は情けないと思った。

意識障害が出るようになって、良平さんは本音が言えるようになったのだ。二年前に病気の告知をした医師が予後五年と言ったため、彼はあと三年生きられると考えていた。そして、そのためには是非とも「私」が必要だったのである。元気な頃は、母や子供達に気を遣って自分の本心を言えず、自分が一人になるまで結婚を待つつもりだった良平さん。

五日の夕方、私が病室へ行くと本当にネックレスと指輪を用意していた。看護婦に電話をたのみ、宝石店から品物を持ってこさせて私を待っていたと知り、良平さんの一途な心情に触れて涙がこぼれそうだった。私がネックレスと指輪を身につけて見せると、彼は満足そうな表情をして、安心したのか支払いのことまで頭が回らなくなった。そして店員は困ったような顔で私を見た。

良平さんの厳しい病状が続く日々の中で、このプロポーズ事件は私にとって唯一ともいえる微笑ましいエピソードだった。しかしこの事件以後、S子が露骨に私を邪魔者扱いするようになった。私を良平さんのパートナーと認めたくない、他人だというのであれば、今まで他人の私に世話になってきたわけで、親族としてまず私に対して礼を言うのが筋なのに、S子の態度は信じられないほど非常識であった。

十月半ばから肺炎を併発して発熱が続き、ときどき呼吸困難の発作を起こすようになって、T夫が帰国した。

今度こそ手を引こうと思ったけれど、すっかり私と結婚したつもりになっている良平さんを置いていくことはできなかった。

十月の後半はさらに意識障害が酷くなり、原因は高アンモニア脳症に加えて、炭酸ガスの排出がうまくいかないための高炭酸ガス血症だという説明だった。

良平さんは十月の終わり頃には、

「帰りたい、帰ろう、一緒に帰ろう」

と言うようになった。そしてなぜか、自分で十一月五日を退院日と決めていた。もちろん彼は軽快退院のつもりだったのだが。

迷っていた介護休暇の取得を、上司の力強い一言で決心し、十一月六日から休みが取れることになっていた。

「愛する人のために今できることを、するべきだ」

相談した時、彼はそう言って励ましてくれた。

十一月に入ってからは、確実に全身状態が悪化していくのを感じて、私は彼の子供や兄夫婦が病室に来ない午前中、つき添った。早朝六、七時頃面会に行くと、看護婦が手薄なため、いくらでも用事があった。

二日の朝八時頃、ベッドの周辺を片づけていると良平さんが突然、

「やすみ?」

と聞いてきた。何が?　誰が?　と思いながら彼の顔を覗き込んだが、よくわからなかった。ただ、この言葉は哲朗も亡くなる日の朝に言ったので、その日が近いのだろうと私は予感した。

三日の朝、私が良平さんの耳の近くで、

「わたし、るみこ、わかる?」

と問いかけた時、もう言葉はかえってこなかったけれど、心なしか笑顔が浮かんだように思えた。

四日の朝、私が行った時は傾眠状態で、その後、昏睡状態に入ったので、良平さんが私を認識できたのは三日の朝が最後だったろう。

四日は土曜日で、私の長男が夕食時に来た。週に一度の親子の会話でしばしくつろぎ、彼をベランダから見送ったあと私は眠りに入った。


寝入りばなをT夫からの電話で起こされた。彼は今夜、病室に泊まり込みだと言った。どうせ私ももう眠れないと思い、夜中に病院へ車を走らせた。

T夫は私にベッドの右脇の椅子を勧め、自分は窓際の簡易ベッドに腰をおろした。

病室には良平さんの呼吸音だけが響いていた。

帰国してからのT夫は、以前より私に打ち解けてきた。そして父の死が、もう避けられないと悟ったのか、穏やかな表情で、その夜私と語り明かした。取り留めのない良平さんにまつわる話をするうちに、二十八歳の若者らしい面に触れ、私の心の中で彼に対するわだかまりが、しだいに解けていった。

窓の外が白々と明け始めた時、無事に朝を迎えることができたと安堵した。八時頃、Y子と兄夫婦が来たので私は一旦帰宅し、ひと眠りした。そこに主治医から電話が入ったので再び病室へ戻った。

数日前から対光反射が弱まっていたが、五日の午後二時に看護婦が当てたペンライトの光が刺激になったようで、全身痙攣《けいれん》を起こした。

セルシンを筋注したため自発呼吸が停止し、強心剤を静注したため四十分あまり心臓は動いていたが、五十七分に主治医が死亡を告げた。

ベッドの右枕元にY子、左にT夫がいて、今わの際《きわ》に私の前へS子が立ちふさがった。その無神経さに気づいた兄が、妻S子の肩を手でよけた。

ずっとずっと良平さんを支え励まして看取ったのは私なのに、彼らの手前、最期の時に抱きしめてあげることができなかった。

良平さんの血液データは、多発性骨髄腫の末期というほど悪化はしておらず、肝臓や腎臓の機能も、まださほど問題はなかった。彼の病型が骨病変先行で治療抵抗性だったところに、右腕麻痺という悪条件が重なり寝たきりとなったため、肺炎を併発し死を早めたと考えられた。

唯一の救いは、意識障害と反比例するように痛みの訴えがなくなったことで、モルヒネは結局使わないままだった。

五日の夜、私は久々にパソコンに向かって、長い間良平さんと私を精神面で力強く支えてくれたメル友・E子さんに感謝の言葉を綴った。

宛先：るみこ
送信日時：二〇〇〇年十一月六日二十時

件名：希望日の退院
こんばんは、E子です。

辛い知らせを、敢えてお知らせ頂きありがとうございました。長い闘いを終えた良平さんに心から「ゆっくりお休みください」と申し上げます。

当たって欲しくない予感ですが、さすが専門家としてのるみこさんの予想通りになったわけですね。そして最期の大事な時に良平さんを見守る同じ立場で、息子さんと話ができ、わだかまりが解けたとお聞きし本当に良かったです。

そして最後の最後に苦しむことが少なくて良平さんのために嬉しいです。きっとるみこさんのことがわかって、傍に寄り添ってくれているという安心感を抱かれたことと思います。

良平さんを取り巻く周囲との嫌な思い、一時期は良平さん本人に対しても抱いた寄り添うことへの疑問など……そんな辛い時期を乗り越え今日の日まで長い間本当にご苦労様でした。パートナーとして、人間として、本当に良くやられたと思います。るみこさんは、いつもとても立派でした。

私にはとてもできない素晴らしい支えであり実践であり、心から尊敬致します。私のささやかなことに対して過ぎた言葉をいただき、ありがとうございます。

まだ、お通夜や葬儀で親戚の方達との顔合わせで気の重いこともあるかと想像しています。心身の力を、まだすっかり抜くわけにはいかないかもしれません。でも、感情を思いきって解放してください。そうでないとるみこさんの精神が持ちません。仕事を大っぴらに忘れられるのは今しかありません。

長い間、本当にお疲れ様でした。合掌

宛先：E子

送信日時：二〇〇〇年十一月八日二十時

件名：奈良の秋

こんばんは、るみこです。

ポストカードとハンカチを、ありがとうございました。正倉院展ですか、私は一度も行ったことがありませんが、このハンカチはカードの中の「黄金瑠璃鈿背十二稜鏡」を想わせる素敵な色合いですね。奈良も、そして京都もこれからが紅葉の見頃でしょうか。

五日は亡くなったあと、主治医から病理解剖の話がありましたが、「家で九十歳を越えた母親が待っているので」と、T夫が断りました。

六日の昼過ぎ、納棺の前に良平さんの家へ行くと、お母さんが「いつもるみさん、るみさんと言うてました……」と言って涙をこぼされました。そして自らお茶を運んで来てくださり、そっと襖を閉めて良平さんと二人きりにしてくれました。

たぶん、このお母さんが私達二人の、一番の理解者であったのだろうと思います。

その後、兄夫婦がやって来るまでT夫は私にいろいろと気遣いを見せ、Y子も祖母を労る素振《そぶ》りを見せていたので、きっと良平さんはほっとしていたことだろうと思います。

棺に納まった彼につき添って私だけ先に会場へ行き、通夜が始まるまで傍にいました。哲朗の時もそうでしたが、長い間苦しみ、瘠せて容貌まで変わってしまったかのようで悲しかったです。でも不思議なくらい、息を引き取ったあとの顔はとても安らかで、口を少し開け微笑んでいるようでした。

三時から七時まで私がずっと一人で棺の傍にいたものですから、途中でY子やS子さんが控え室で休むようにと声をかけに来ました。でも二人きりになれるのはこれが最後と思うと、彼の傍を離れる気にはなれませんでした。

七日は告別式の始まる一時間前に会場へ行くと、Y子が棺の傍に一人で座っていました。

「まだ亡くなったような気がしない」と言って泣いていました。

T夫が喪主で伯父に相談しながら仕切っていました。ここ数日の彼の言動を見ていて、良平さんがこのT夫を自慢に思っていたことが何となく理解できました。

徹夜した日にT夫が話していたことですが、良平さんは若い頃、本当は大阪大学へ進みたかったそうです。しかし七人兄弟の下から二番目で、もともとあまり自己主張をしないタイプだった彼は、お金のかからない地元の徳島大学を選んだそうです。学費をアルバイトで賄ったという話や、その頃ソーシャルダンスを覚えたという話は、私も本人から聞いています。

T夫が就職せず大学院へ進みたいと言った時、私には「もう働いて欲しいんだよ」と言いながら結局許したのは、彼自身の果たせなかった夢を託したのかもしれません。

お兄さんが「今日は一日、最後までよろしく」と言ったのですが、私は体調不良を口実に、告別式だけであとは失礼したいと伝えました。親族が大勢来ていましたから、私が火葬場まで行かなくても良平さんは寂しくないだろうし、お骨になった彼と対面したくはありませんでした。

式に使った遺影は、九年の八月に二人の新生活を記念して撮った写真の中から選びました。

私達がもっとも幸せだった時のもので、T夫はその写真を初めて見て、「いい写真があってよかった」と喜んでいました。

その写真撮影から半年後にはT夫の手術、さらに半年後には彼自身の病気でしたから、幸せな期間は本当にわずかでした。

良平さんは、まだまだ生きて、やりたい仕事がありましたから、最後の意識が障害されていたことは、むしろ救いだったように感じています。

病死が良平さんの宿命だったとしたら……、その短い生涯の終章が、私との出会いで豊かになったと自負していいかなと今は思っています。

自分の気持ちを大事にして、しばらく休んで心身を癒したいと考えています。

今夜は足元が冷えます。E子さんも、どうぞお大事になさってください。

私は半生において、もっとも愛した哲朗と良平という二人の人間を「血液の癌」で失った。二人を闘病死という形で看取るまで通算五年の苦楽の日々があった。この道のりによって私は人間として成長できたと自負している。強い人、と言われることがある。自分でも強くなったと認めている。それはしかし、修羅場を潜り辛酸をなめ尽くした者として当然ともいえる。だが……、涙もろくなった。

この経験から命の限りを実感し、日々「死への準備」を意識しながら「今」を生きている。それをまだ早いと笑う人もいる。しかし不公平、不平等、不確かなことの多いこの世で、唯一平等で確かなことは「人はいずれ死ぬ」ということ。それならば準備できることは前もって用意した上で、「今」を精一杯生きよう、と私は考える。哲朗や良平さんの無念さを思うと、自分の「今」を一日たりとも無駄には生きられないのである。

日本という国が、多くの不安を抱えながら、前代未聞の「超高齢社会」に向かっている。人は先行きがわからない時、不安になる。不安をすべて拭い去ることはできないまでも、減らすことはできる。問題を解決したり、心配の中味を明らかにすることで、不安を減らすことができる。そうすることで、超高齢社会を暗いイメージから救うことができるのではないか。

超高齢社会への道のりを少しでも明るく照らす役割の一端を担いたい、そして「人生の最期のとき」に必要な支援を提供できる専門職でありたい、そんな思いを胸に秘めて、私は日々努力を重ねている。それは取りも直さず私自身の「老い先」への備えでもあるからだ。


「出会いには必然性がある」という言葉を目にしたことがある。

人生はまさしく「出会いの宝庫」だ。哲朗が私から生まれて、そして白血病となったのも、単なる不運ではなかったような気がする。病気が彼にも、そして私にも多くの出会いをもたらした。そして出会った人達は今も哲朗を忘れないでいてくれる。それが母として私は何より嬉しい。

良平さんとの出会いにも必然性を感じる。良平さんと哲朗は、この世において出会うことは一度もなかった。しかしなぜか今、彼らを想う時、私の脳裏には二人の笑顔が並んで浮かぶ。彼らに共通するところはいろいろあった。

まず私との相性が抜群に良かった。そしていずれも次男で、優しくナイーブ、そして努力家。人間として「男」として、とても魅力的だった。特に笑顔が素敵だった。そして……、私をもっとも必要としてくれた。

哲朗は、たぶん病気になって入院してから、初めて母である私の仕事を理解したのだと思う。医師や看護婦や看護学生達が自分の母親と接する時の態度や言葉遣いや話の内容が、他の患者の母親との時と微妙に違うことを感じていた。そして日々の看護者の仕事や言動などから、母親の「保健婦」という仕事も理解するようになったのだろう。

そのことが母に対する全幅の信頼という形になった。それに応えるべく私は母として、看護者として、できる限りのことをした。

良平さんもまた、誰よりも私を必要としてくれた。そして私を、人生のパートナーとして、「女」として、誰よりも深く愛してくれた。この二人から愛され必要とされたことは私の人生の宝であり、これからの生きる糧となっている。

良平さんの病気が縁で「患者の会」との出合いがあった。患者の会メーリングリストとの出合いもあった。そしてE子さんとの出会いがあった。彼女も「病《やまい》」とともに真摯に「今」を生きている。

偶然にも、彼女は私と同世代で同じ職業であった。良平さんが仕事を休む決心がつかないでいた時、そこにE子さん自身の悩みを見、葛藤を重ねたと言う。メールで良平さんに自分の気持ちを伝えることで彼女自身が悩みを整理でき、心の葛藤を乗り越えることができたのだと言った。当時のこと、そして良平さんにつき添った私の心を支え続けてくれた日々に対して、「二人で闘った」という気持ちを持っていると、後《のち》のメールで伝えてきた。

メーリングリストを離れて個人メールの交換をするようになって、もう三年近くにもなろうとしているが、私達は一度も会ったことがない。そして電話さえも、かけたことがないのである。しかし、いつの間にか私達はどんなことでも語り合えるメル友となっている。

良平さんの死は、私に親族というものを問い直させた。

私は、両親から二番目の子として誕生した。二歳上の兄は、通例にもれず「長男」として両親や同居していた母方の祖母に愛され、期待されて育った。一方、私は「手のかからない子」「心配をかけない子」「勉強のよくできる子」であった。そして大人になってからも、知らず識らず「親孝行娘」として振舞っていた。しかし、いつまでも両親にとっては「二番目の子」で、「女の子・娘」でしかなかったのだ。

良平さんが亡くなった時、たぶん私は無意識のうちに、両親や兄に対して哲朗が亡くなった時のような反応を求めていたのだろうと思う。ところが彼らは「他人よりも冷たかった」。それは「無関心」という反応の仕方だった。その理由は、私達が法律婚をしていなかったからだと言う。

一方、良平さんの親族は違う反応だった。死の一か月前、良平さんが私との結婚を口にした途端、兄夫婦は私を良平さんから遠ざけようとし始めた。死が避けられない弟に、今さら「妻」ができるのは都合が悪いと考えたのだろう。そして子供達は今まで「母なし家庭」でやってきたのに今さら……と、相続問題もからんで反対したのだろう。

そして弟が世話になったことを知りながら、私に無関心を装った四人の姉達……。

双方の親族は「法律に縛られている」という点で一致していた。

私は法律婚を否定するつもりはない。法律婚に満足して暮らしている夫婦もいるだろう。しかし、残念ながら惚れ惚れするような法律婚のカップルにはあまりお目にかかったことがない。私が知る限り、惰性で夫婦を継続しているか、一人で暮らす自信がないから夫婦でいる、というのが大勢のようである。

哲朗の死と引き換えに、私は親業を卒業した。週に一度やってくる長男との関係は、親子というより、もっと軽い関係になった気がする。

良平さんの死と引き換えに、私は再びのシングルライフ＝真の自由を手に入れた。

新世紀を迎えた年頭に何か始めようと考えた。ある日の新聞の折り込み広告が目に止まった。

「大人のためのバレエ教室」

これだ！　と思った。

少女の頃の夢を四十年ぶりに実現させた私は、今年の七月、五十二歳で初舞台に立った。

演目は「くるみ割り人形・花のワルツ」。

私はこれからも血縁関係や法律などに縛られず、自由に、しなやかに生きていこうと考えている。

新しい出会いを期待しながら……。

あとがき

哲朗の発病を知った時から、私は一日も欠かさず日記を書き、そして節目ごとに写真を撮った。それは、私が彼の病気の告知を受けた時、すでに彼の「死」を予感したからだった。

哲朗が亡くなったあとに、膨大な量の日記と手紙と写真が残った。彼の生きた証《あかし》として、それらをまとめたいと思いながら、何から手をつけるべきか思案しているうちに月日は流れた。

そして、また私はかけがえのない良平さんを失った。

書きたい、という思いは日増しに強まっていった。そんな時、ある企画の作品募集の企画を知った。昨年の九月、憑かれたようにして書き上げた百枚の原稿が、この本の原点である。募集テーマを意識して書いたその文章の主役は、哲朗でも良平さんでもなく、私自身であった。

その原稿を真っ先に読んでくれたK子さんが、半月後に急死した。彼女も離婚を経験し、二人の息子を一人で育てていたことから、私達は親しく話すようになっていた。でも、心臓が弱かったということを彼女の口からは、一度も聞いたことがなかった。

もし知っていたなら、「突然の死」を未然に防ぐことができたかもしれないと思うと残念でならない。

今年の二月に原稿の落選通知を受け取った。

さてこれからどうするべきかと考えていた時に、新聞で文芸社主催の出版相談会があることを知った。そして、三月八日が文芸社と私との出合いの日となったのである。

私の四十歳代の「十年史」とでもいうような内容に対して文芸社から、

「ここにあるのは、包み隠されることのないありのままの自画像である。……ここに描き出された物語は、この世に生を受けた人間なら誰でも体験できるといった類のストーリーではない。満足ゆく形での上梓、および反響を期待したい」

という評価をいただいた。

あくまで「自己満足の自費出版」をイメージしていた私に、

「せっかくのチャンスを生かしなさい。今こそ自己投資するべきだ」

と言って背を押してくれたE子さんと、

「書籍というものは出版されて、書店に置かれ、書店で読者の手に渡ることで生命を得るもの」

と言って再度出版を勧めてくれた文芸社・出版企画部の遠藤さん、そして女性として私の気持ちを理解しながら編集を担当してくれた佐藤さんにお礼を申しあげる。

平成八年の十二月に離婚届を出した。

その数日後、神戸へ「ルミナリエ」を見に行った時、私は記念の指輪を買った。

私の半生の前半は良くも悪くも両親に支配されていた。そして二十四歳で結婚してからは、夫や子供達との生活を維持するために、自分の気持ちは後回しにしなければならなかった。

離婚を選択し、やっとこれからは私が自分の人生の主役になれると実感した時、胸の中で喜びが静かに湧きあがってきた。

そして、初めて見た「光の彫刻・神戸ルミナリエ」は冬の空に冴え冴えと荘厳な輝きを放ち、その美しさに囚われた私は思わずため息を漏らしていた。

哲朗や良平さん、そしてM子さん（弁護士）、K子さんのような若すぎる死は痛ましい。

私の心の底には、どうしようもない喪失感と悲しみが重く沈んでいる。

けれど私が彼らを想う時、いつでも私のすぐ傍に、その存在を感じることができる。

私が彼らを想う時、いつでも私に笑顔を向けてくれる。

そして、彼らの笑顔の後ろには、美しい瀬戸大橋が架かった穏やかな瀬戸の海が広がり、波間はどこまでもきらめいている。

平成十四年八月

るみこ

カバー写真撮影・末安祥二

原稿を書きあげた時、私の頭の中でカバーのイメージがすでにできあがっていた。

私は岡山県玉野市で生まれ育ち、高校を卒業するまで日比というところで暮らしていたので、瀬戸の海は私にとってふるさとそのもの、まさにゆりかごのような存在だった。そして亡くなった哲朗もこの海が大好きで、毎年夏には渋川海岸で遊んだものだった。

また良平さんも徳島生まれの瀬戸内育ちで、大学も徳島大学だった。卒業後は長大橋を手がける大阪の会社でエンジニアとして三十年以上勤め、工場長になっていたのである。

私達三人が共通して愛したのが瀬戸内海であり、カバーは鷲羽山から眺める瀬戸大橋の架かった瀬戸内海の風景で飾りたいと思っていた。

そんな時、このイメージにぴったり合う写真が良平さんの遺品『写真集　瀬戸大橋』（山陽新聞社刊）の中で見つかった。さっそく問い合わせ、写真家の末安祥二氏をご紹介いただいたのでお願いしたところ、末安氏がご快諾くださったので、そのご厚意に甘えさせていただくことにした。

著者プロフィール

るみこ

昭和24年10月、岡山県生まれ。
保健師、看護師、介護支援専門員（ケアマネジャー）
任意後見アドバイザー。
昭和49年、長男出産。
昭和52年、保健師としてＳ市に就職（現在に至る）。
昭和54年、次男（哲朗）出産。
平成８年、次男死去。
平成12年、別姓のパートナー（良平）死去。
平成13年３月、クラシックバレエを習い始める。
※平成14年より看護婦、保健婦が看護師、保健師に名称変更された。

白い血

2002年10月15日　初版第１刷発行

著　者　るみこ
発行者　瓜谷 綱延
発行所　株式会社文芸社
〒160-0022　東京都新宿区新宿1-10-1
電話　03-5369-3060（編集）
03-5369-2299（販売）
振替　00190-8-728265

印刷所　株式会社平河工業社

ISBN4-8355-4446-3 C0095